Ayyam Sureau

L'homme assis

Illustrations de Philippe Dumas

Mouche
l'école des loisirs
11, rue de Sèvres, Paris 6e

Du même auteur à *l'école des loisirs*

Collection MOUCHE
Le chant du moineau

Collection NEUF
Étoile
Les contes du Caire
Les contes de la Nubie

Loi n° 49.956 du 16 juillet 1949 sur les publications
destinées à la jeunesse : octobre 2004
Dépôt légal : octobre 2004
Imprimé en France par Hérissey

Pour Victoire
et pour Grande Victoire

– Non ! Non ! Non…

Ma mère me fait rire. Elle dit toujours trois fois non, sur trois tons différents, comme trois notes de musique. Le premier non est sévère : « Non ! » Le deuxième est inquiet : « Non ! » Et le dernier n'est qu'un soupir : « Non… »

À l'entendre, on s'imagine que je me suis jetée la tête la première du haut de la grande pyramide, et que – oh ! quel soulagement… – je suis retombée intacte. En fait, c'est beaucoup moins grave. Je suis montée, seule, sur le vieux tabouret

de la cuisine. C'est vrai qu'il est haut, mais pas comme la grande pyramide. En plus, j'ai une technique infaillible : je cale mon pied gauche sur le premier barreau comme dans un étrier, avant de prendre appui de mon pied droit sur le deuxième barreau, je hisse mes fesses et je balance ensuite d'un coup ma jambe gauche par-dessus le siège, comme un cow-boy. Le vieux tabouret en tremble toujours un peu, mais pas autant que ma pauvre maman.

– C'est dangereux, Adélie ! Ce tabouret est deux fois plus grand que toi, et en plus, il ne tient presque plus debout.

Oui, je m'appelle Adélie, c'est le nom d'un bout de terre qui se trouve au bout de la Terre. Sauf que la Terre est ronde, c'est-à-dire qu'elle n'a pas de bout. Si vous étiez en terre Adélie, c'est l'endroit d'où vous venez qui serait au bout du monde. Mon père ne m'appelle Adélie que lorsqu'il me gronde ; le reste du temps il m'appelle « le bout ».

En dehors de ma famille, tout le monde croit qu'il m'appelle « bou », comme boubou. Ils pensent que c'est

mignon et affectueux. On ne peut pas expliquer à tout le monde que la terre Adélie est un bout de terre au bout de la Terre, qui, en plus, n'a pas de bout. C'est compliqué, et ça ne regarde personne.

– D'ailleurs, continue maman en me saisissant les épaules des deux mains pour s'assurer que je resterai immobile sur mon perchoir, il faudra que je m'en débarrasse, quelqu'un va finir par se briser les os.

Je l'aime, moi, ce tabouret, avec ses barreaux branlants et son cuir vert écaillé, mais je ne proteste pas. Elle ne le fera jamais. Si maman jetait vraiment tout ce qu'elle considère comme vieux et dangereux, nous finirions par vivre dans un appartement sans portes ni fenêtres, avec des meubles aux coins arrondis ne s'élevant qu'à quelques centimètres du sol. Comme elle est raisonnable, je sais qu'elle ne se débarrassera de rien et qu'elle continuera à avoir peur de tout.

Moi, Adélie, surnommée « le bout », je n'ai pas peur de grand-chose. Sauf des histoires de monstres venant d'autres planètes, et des films où les morts vivants sortent de leurs tombes, mais tout cela n'existe pas. Certains enfants de mon âge adorent raconter des histoires de maisons hantées. Ils collectionnent des squelettes en plastique fluorescent, alors

qu'ils meurent de trouille la nuit, seuls dans leur chambre. Moi, c'est le contraire.

Pour rire, je fais souvent une liste de ce que j'aime et de ce que je déteste. Je m'amuse à nommer le plus de choses dans les deux cas.

Liste de ce que j'aime

l'automne

faire semblant de parler l'anglais

chanter

rester dans le noir

nager sous l'eau

me déguiser

ma meilleure amie Hélène
qui a changé d'école

le cidre et tout ce qui fait tourner la tête

les pirouettes

la glace à la noix de coco

Liste de ce que je déteste

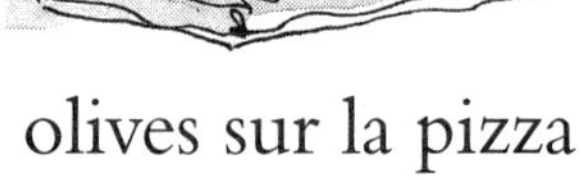

les olives sur la pizza

la douche avant d'entrer dans la piscine

la place du milieu dans la voiture

les histoires
de maisons hantées

faire la bise aux gens
que je nc connais pas

Théâtre

écrire le T majuscule en lettres attachées

porter des cols roulés

tout ce qui est faux

Mais au fond, les olives sur la pizza, la glace à la noix de coco et toutes ces choses ne sont pas importantes. Les listes, c'est juste pour s'amuser. Il y a une seule chose que j'aime par-dessus tout, c'est chanter ; et par-dessus tout je déteste ce qui est faux. Pas ce qui est faux comme « deux et deux font cinq », non. Je veux dire ce qui est faux comme quand on chante faux. Faux comme lorsque les parents claironnent sur un ton enjoué : « C'est l'heure d'aller se coucher ! », alors qu'ils veulent juste rester entre grands. Si un enfant hurle et tape du pied, il n'est pas « fatigué », comme on le dit toujours. C'est faux, il est furieux. Quand on me reproche de ne pas avoir dit « Merci madame » pour le chocolat, c'est faux, parce que j'avais dit merci avec les yeux, et j'ai vu que la dame avait compris. Ces choses-là arrivent tout le temps.

Un après-midi, j'avais fermé les volets de fer et tiré les rideaux de ma chambre. Ma mère est venue me

trouver pour me présenter à deux de ses amies qui étaient venues lui rendre visite. Comme je me tiens tranquillement dans ma chambre, on pense, et c'est faux, que je boude, ou que je m'ennuie, ou que je suis timide.

– Mais, Adélie, pourquoi restes-tu dans le noir ? s'étonna ma mère.

Il ne fait jamais noir quand on garde longtemps les yeux ouverts dans une chambre aux volets clos, mais plutôt gris foncé avec des reflets mauves. En plus, une fois la porte ouverte, il ne faisait plus noir du tout. Comme je sais que les grands n'aiment pas les détails, j'ai juste dit :

– Ne t'inquiète pas, maman, il fait noir clair.

Les deux amies de ma mère ont éclaté de rire. De mon lit je voyais, dans l'embrasure de la porte, leurs trois têtes hilares se découpant contre le mur éclairé du couloir. C'était comme un théâtre d'ombres, le reste de leurs corps était dans l'obscurité. Je me suis levée d'un bond, j'ai rallumé la lumière, et elles sont apparues entières, leurs yeux encore plissés par le rire. L'une portait une robe orange en forme de cloche, l'autre avait un chemisier jaune paille et un pantalon assorti.

– Tu n'es pas fâchée, « le bout » ? a murmuré ma mère.

Je n'ai pas répondu.

Il y a deux sortes d'enfants : ceux qui se réjouissent que les grands les trouvent drôles, sans comprendre pourquoi, et ceux qui ont horreur de ça. J'appartiens à la seconde espèce, et mon petit frère à la première. Je n'aime pas que ma mère entre avec ses amies dans ma chambre, surtout si c'est pour se moquer de moi.

Les amies de ma mère ont cessé de rire, elles ont paru gênées. J'ai souvent voulu savoir à quoi ressemblait mon visage lorsque j'étais fâchée. Le problème, c'est que je n'arrive pas à me mettre en colère devant une glace. Tout de même, je dois être assez impressionnante. Je sais me tenir parfaitement immobile, droite, la tête tendue vers le haut comme un cobra devant un charmeur de serpents, et je serre très fort mes lèvres. Il paraît que ma bouche devient minuscule : tous ceux qui m'embêtent comprennent que je ne dirai plus un mot.

– On ne se moquait pas de toi, Adélie, me rassura ma mère, on plaisantait gentiment.

Eh bien moi, je ne vois pas pourquoi je devrais ne pas confondre la méchante moquerie avec la gentille moquerie, alors que des grandes dames si intelligentes ne distinguent pas le noir foncé du noir clair. Mais je n'avais pas envie de discuter avec maman devant les deux perruches. J'ai donc continué à me taire, et à me taire si bien que je leur faisais peur.

– Allons, « le bout », ne te fâche pas, et chante-nous une petite chanson, reprit encore ma mère.

Elle parlait de cette voix câline et pointue à la fois que les mamans prennent lorsqu'elles sont embarrassées par leurs enfants devant les autres.

– Vous allez voir, promit-elle fièrement à ses invitées, Adélie connaît par cœur des chansons charmantes. Elle chante seule dans le noir durant des heures.

Moi, je ne les quittais pas du regard, je ne pouvais plus rien dire, et encore moins chanter. C'est toujours comme ça : au début je me tais exprès, après je ne peux vraiment pas parler. Ma langue se fige dans ma bouche, et ma gorge ne laisse même plus passer l'air.

– Allons, Adélie… ce n'est pas bien de se faire prier.

Ma mère ne savait plus quoi dire, quoi faire pour s'en sortir. Cela me faisait de la peine de la voir aligner nerveusement mes soldats de plomb en rangs serrés sur leur étagère. Ils retombaient sans cesse.

Alors, fonçant la tête la première, je me suis faufilée à toute vitesse entre madame orange et madame paille, comme une anguille entre deux rochers. Et je me suis enfuie.

Derrière moi, j'ai entendu maman qui disait à ses amies :

– Ma fille est très timide, et elle ne vous connaît pas assez.

Eh bien voilà, c'est justement ça qui est faux. Je ne suis pas timide.

Et vous, lecteur, que croyez-vous ? Est-ce que vous vous dites : pauvre bou, pauvre boubou si triste, si incomprise ? Franchement, vous n'y êtes pas du tout, et je crois qu'il vaut mieux que vous refermiez ce livre tout de suite.

*
* *

Voilà ce qui s'est vraiment passé. Le matin même du jour où maman était venue dans ma chambre avec ses deux amies, je l'avais accompagnée faire des courses. Nous avions passé toute la matinée à chercher des chaussures beiges, à talons plats, ni trop ouvertes ni trop fermées, et nous étions entrées successivement dans huit magasins, sans succès.

Devant la neuvième boutique, ma mère a l'excellente idée de m'autoriser à l'attendre dehors, tout en me faisant ses recommandations habituelles.

– Tu m'attends ici, n'est-ce pas ? Tu ne bouges pas, et surtout tu ne parles à personne. Je serai de retour dans un quart de seconde.

Un quart de seconde, c'est la durée moyenne de tout ce que fait maman. Elle passe un quart de seconde au téléphone avec sa meilleure amie ; elle prend une douche, s'habille, se coiffe et se maquille en un quart de seconde. Maman est exceptionnellement rapide.

Sans illusions, j'attendais donc sagement ma mère sur le trottoir, devant la boutique. J'aime bien être dans la rue. J'invente des jeux pour moi-même : je

compte les voitures rouges et, quand j'arrive à la dixième, je saute trois fois à pieds joints sur le trottoir. Ou alors j'essaie de suivre les tuyaux de gaz qui plongent sous les immeubles, cheminent sous terre, et ressortent sous d'autres immeubles. Parfois, quand il y a des travaux, on peut les voir, sous le trottoir démoli, avec tout le système compliqué des canalisations et des câbles. C'est comme des veines et des nerfs sous la peau.

Mais dans cette rue-là, il n'y avait pas grand-chose à faire. C'était le genre de rue où l'on ne trouve pas de café pour faire deux fois pi quand on est très pressée, pas de boulangerie non plus, mais des boutiques, des boutiques, des boutiques, et encore des boutiques.

Une dame passa à côté de moi, avec un caniche minuscule qu'elle tenait serré contre elle. Étonnée de voir une petite fille toute seule, elle regarda tout autour, puis, ayant repéré une maman possible à travers la vitrine, elle est repartie, rassurée. Aussitôt après, un gros monsieur avec une pipe s'arrêta près de moi. Il me demanda à voix basse, en s'agenouillant presque pour se mettre à ma hauteur, peut-être pour ne pas m'intimider :

– Bonjour ! Elle est où, ta maman ?

J'ai levé le menton en direction de ma mère, car je ne parle pas aux gens que je ne connais pas. Lui aussi est reparti avec le regard sérieux des grandes personnes auxquelles rien n'échappe.

J'en avais assez qu'on s'inquiète autant pour moi. Je décidai de faire semblant de m'intéresser à toutes les chaussures exposées dans la vitrine, en les scrutant une à une avec une minutie visible. Comme ça, il serait évident pour tout le monde que ma mère était bien la dame assise à l'intérieur de la boutique au milieu d'une farandole de boîtes ouvertes. C'était une bonne idée, car à partir de ce moment-là personne ne m'adressa la parole. Malheureusement, malgré mes efforts pour me passionner pour les escarpins en peau de lézard vert et les mocassins bicolores en poil de poulain, aucun soulier ne parvenait à retenir suffisamment mon attention. M'étant postée un temps raisonnable devant chaque modèle, en faisant chaque fois un petit pas de côté vers le suivant, je me suis retrouvée beaucoup trop vite devant la toute dernière chaussure de la rangée.

Sur le mur à droite de la boutique, il y avait une affiche à moitié arrachée. Je lisais « concert gratuit à 11 h 30 », mais on ne pouvait pas savoir où ni quand aurait lieu ce concert puisque c'était écrit sur la moitié qui manquait. Et puis mes pieds, habitués à faire leur petit pas de côté, m'ont conduite, sans que je m'en rende compte, deux petits pas plus loin.

C'est alors que j'ai vu l'homme assis. Mes yeux étaient exactement à la hauteur des siens, mais lui, il regardait le sol. Il était là, adossé contre la façade de l'immeuble, à côté de la boutique de chaussures, les bras serrés autour de ses jambes. Je l'ai regardé ; il ne me voyait toujours pas.

Je sais bien qu'on ne doit pas fixer les gens comme ça, mais c'était plus fort que moi. Il était comme une statue. Il avait un manteau bleu nuit

trop grand pour lui, très sale, avec des poches qui bâillaient. Son pantalon était déchiré aux genoux. C'est peut-être pour cela qu'il se tenait ainsi, les bras autour des jambes. Il devait avoir honte. J'avais envie de lui dire que ce n'était pas important du tout, mais je n'osais pas désobéir à ma mère. Il ne faut pas parler aux gens qu'on ne connaît pas. De toute façon, il ne m'aurait pas entendue, il paraissait penser à autre chose. Il était dans la lune, comme on dit, et pourtant je suis certaine de ne jamais l'avoir rencontré auparavant, moi qui y suis souvent, dans la lune.

J'ai regardé à nouveau les mains de l'homme, crispées sur ses genoux. Ses longs doigts étaient terminés par des ongles noirs et épais, comme des griffes.

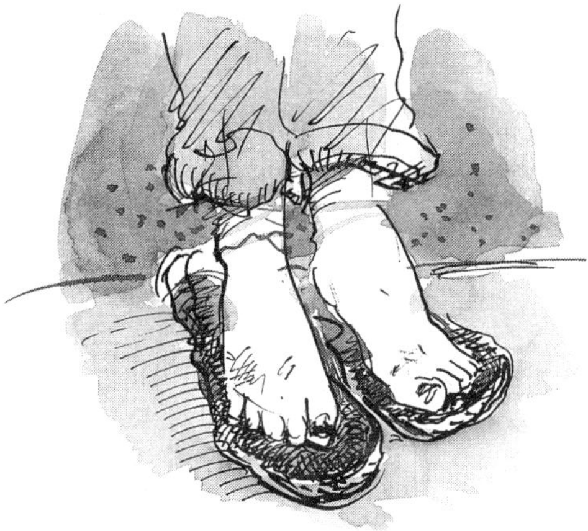

Sa peau, toute craquelée, ressemblait à l'écorce d'un vieil arbre. J'aurais aimé y toucher, pour voir. Mais si on ne peut pas parler aux gens qu'on ne connaît pas, ni même les regarder, alors on peut encore moins les toucher. Pour bien faire, les gens qu'on ne connaît pas, il faudrait les ignorer totalement, comme s'ils n'étaient pas là.

Seulement l'homme assis était bien là. Ses pieds étaient blessés, horriblement.

Ils étaient juste posés sur de grosses chaussures déformées, comme sur deux socles de cuir. J'avais vu dans un film une mouette mourante qu'on avait sauvée d'une nappe de pétrole. Les pieds de l'homme me faisaient penser à elle.

Comme j'étais trop occupée à l'observer lentement, détail après détail, le bandage sale qui enserrait ses talons… ses grandes mains sèches… les mèches de cheveux emmêlés, couleur d'ardoise… les rides gravées sur son front immense…, je ne me suis pas aperçue que lui aussi me regardait. Il me regardait le regarder.

Bizarre, je ne me suis pas sentie gênée. Non, pas du tout.

L'homme assis me regardait encore. Il a baissé plusieurs fois les paupières comme pour chasser quelque chose au loin que lui seul voyait. En face de lui, je ne pouvais pas m'empêcher de cligner moi-même des yeux, comme un miroir.

Quand il m'a fixée à nouveau, mes yeux sont tombés dans les siens, où il n'y avait que du bleu et de la bonté. Il a souri soudain en renversant la tête en arrière comme un nageur qui sort brusquement la tête de l'eau pour respirer. À mon tour, j'ai pris un long souffle, et, je ne sais pas pourquoi, j'ai chanté :

Nous n'aurons plus pour amis
Que la brise vagabonde
Et le soleil de midi
Oui, oui, oui, oui, oui, oui, oui

Ma voix sortait toute seule de ma bouche. Ce n'était pas ma voix. Elle se déroulait dans l'air comme un ruban, s'élevant un peu plus haut à chaque nouveau couplet. Je sentais ma poitrine se soulever, et la mélodie résonner dans ma gorge et entre mes tempes. Je n'avais jamais chanté comme ça, même seule dans le noir.

Veux-tu le ciel de Capri
Ou les palais de Bengale
Ou le soleil d'Hawaï
Oui, oui, oui, oui, oui, oui, oui

Ni l'homme assis ni moi n'avons vu les passants jeter des pièces de monnaie dans le gobelet en carton posé devant lui. C'est après que je m'en suis aperçu. Je voyais seulement, tranquilles, déliés, les doigts de l'homme qui pianotaient sur ses genoux. Ses pieds battaient la mesure sur leurs tambourins noirs. Il devait connaître la chanson. Je devinais sur ses lèvres qu'il disait « Oui, oui, oui, oui, oui, oui, oui », sans un son. Au moment du refrain, son buste tanguait de gauche à droite, imperceptiblement :

Va, mon bateau, va
Danse, trois-mâts, claque ta voile
Va, mon bateau va, pour elle et moi
Oui, mais voilà

Mon bateau est tout petit
Il dort dans une bouteille
Et moi je rêve avec lui
Oui, oui, oui, oui, oui, oui, oui

Pas un instant je n'ai quitté des yeux l'homme assis. Pourtant, je ne voyais plus son bandage aux pieds, ni ses plaies, ni ses cheveux collés, ni son manteau bleu nuit. Toutes ces choses avaient disparu. Il était en face de moi, tout entier. Je m'appliquais seulement à chanter pour lui, sans me tromper.

Un jour mon trois-mâts joli
M'emportera loin d'ici
Dans un merveilleux pays
Oui, oui, oui, oui, oui, oui, oui

La chanson était terminée. Nous nous sommes regardés un temps, puis l'homme assis a incliné dignement la tête comme un roi qui dit merci. Je l'ai salué, à mon tour. En relevant les yeux, j'ai vu sur son visage deux sillons de larmes.

À ce moment précis, la porte de la boutique de chaussures s'est ouverte, et ma mère en sortit précipitamment, chargée de paquets. Elle vint aussitôt me retrouver.

– Pardon, mon Adélie chérie, j'ai été un peu longue, me dit-elle. Tu aurais dû m'accompagner, tu m'aurais aidée à me décider plus vite. Tu ne t'es pas trop ennuyée, j'espère ?

Elle laissa glisser quelques pièces dans le gobelet du clochard, et nous sommes parties.

*
* *

De retour à la maison, je ne pensais plus qu'à l'homme assis. J'ai fermé les volets de fer de ma chambre et j'ai tiré les rideaux, pour le revoir.

Quand il a fait bien noir dans ma chambre, je me suis couchée sur mon lit et j'ai regardé attentivement vers le plafond. J'ai un secret : quand je fixe longtemps le plafond de ma chambre dans le noir, il se soulève. À sa place, apparaît un immense champ gris-bleu, gonflé de volutes désordonnées.

D'abord, ces spirales étranges forment une sorte de brume dont il ne faut surtout pas avoir peur.

Puis la brume s'écarte doucement comme un rideau et je vois ce que je veux.

Ce jour-là, sur mon océan gris-bleu flottait une chose, encore très loin, incertaine. Elle avançait à bonne allure vers moi, bientôt j'allais être sûre qu'il s'agissait d'un navire. En effet, à mesure qu'il s'approchait j'ai pu reconnaître que c'était… un trois mâts.

L'homme assis était là, seulement il était debout. Je le voyais de dos sur le pont, une longue-vue collée sur l'œil, visant le large. Il portait une casquette et une veste de marine à boutons dorés qui lui faisait des épaules carrées comme Corto Maltese.

En se retournant, il n'a pas été surpris de me trouver à ses côtés. Au contraire.

– Je vous attendais, Adélie, me dit-il, nous n'avons plus beaucoup de temps.

– Où allons-nous ? ai-je demandé d'un ton bref, soucieuse de ne pas le laisser s'apercevoir que je n'avais rien à faire là.

Dans les rêves, comme dans la vie, il y a des règles à respecter. La première de ces règles est de ne pas se faire remarquer.

– Il nous faudra accoster avant la tombée de la nuit, reprit-il, sinon tout sera fichu.

Qu'est-ce qui serait fichu ? Je ne comprenais rien mais, pour rester dans le rêve à ses côtés, il fallait que j'évite de l'énerver, donc je me suis tue. J'ai juste dit d'un air entendu :

– Bien, allons-y, capitaine.

À présent, on voyait clairement une île se détacher du fond, une sorte d'éléphant noir à deux bosses, qui arrivait vers nous. Elle était entourée d'une auréole d'eau claire, presque turquoise. Nous nous sommes arrêtés exactement au bord de l'eau turquoise.

– Voilà, dit l'homme, on ne peut pas aller plus loin à cause de la barrière de corail. Je vous porterai à travers la lagune, vous êtes trop petite pour avoir pied.

Je ne songeai pas à protester. Il se déchaussa, me hissa sur ses épaules et enjamba la coque du bateau pour se retrouver, je ne sais comment, marchant dans l'eau qui lui arrivait à la taille, vers le rivage. Celui-ci paraissait moins loin, vu du bateau.

En fait mon capitaine marcha longtemps, en trébuchant souvent à cause des coraux vifs et tranchants qui lui blessaient les pieds. C'était donc pour cela qu'ils saignaient, pensai-je en moi-même.

Nous arrivâmes enfin. Il me déposa doucement sur le sable, et me dit :

– Il nous reste exactement une heure. Si nous ne parvenons pas à extraire le coffre avant la marée, c'est fichu. Je compte sur vous.

Le coffre ? J'étais sûre qu'il s'agissait d'un trésor! Voilà pourquoi nous étions sur cette île. Le capitaine était riche, il n'avait plus d'ennuis. Plus jamais on ne le verrait assis dans la rue. Mais comment comptait-il sur moi ? Je ne comprenais toujours pas en quoi j'allais lui être utile, mais je continuais d'avancer en même temps que lui. Il était si grand, je faisais deux pas lorsqu'il n'en faisait qu'un.

Nous contournâmes les deux grands rochers de l'île, derrière un rideau d'arbres. Écartant péniblement de lourdes branches mortes qui nous barraient le passage ici et là, nous suivions une sorte de sentier de sable couvert de feuilles à la fois grasses et sèches qui faisaient un bruit de biscuits rassis sous nos pas.

Le capitaine paraissait inquiet. De temps en temps, il lançait un regard vers moi, comme s'il se demandait si je ferais l'affaire. Au moindre bruissement du feuillage qu'un souffle de vent ou un oiseau dérangeait, il sursautait et serrait fort ma main dans la sienne. À l'endroit précis où les deux bosses de l'île se réunissaient, il y avait

une sorte de fissure, c'est là que le capitaine s'arrêta.

– C'est ici. Malheureusement, nous avons moins de temps que je ne l'espérais. C'est vous… Vous aurez très peu, trop peu de temps.

Sa voix était tellement basse que je ne savais plus s'il me parlait, ou s'il se parlait à lui-même. Se reprenant, d'un ton plus ferme il m'ordonna presque :

– Vous allez vous hisser par là. Je sais que vous êtes agile.

Cette fois, il y avait une nouvelle lueur dans ses yeux qui m'a fait plaisir, comme s'il m'avait déjà vue grimper sur le vieux tabouret de la cuisine.

– Vous allez vous hisser par là pour vous introduire dans la crevasse par un trou qui est plus haut. Ensuite vous vous laisserez glisser à l'intérieur, et vous vous retrouverez dans un couloir. Ce n'est pas bien profond, mais assez vite vous ne verrez plus rien. Il fera très noir, parce qu'il n'y a qu'une seule ouverture, et comme c'est celle par laquelle vous entrerez, votre propre corps empêchera la lumière d'arriver devant vous.

Logique, en effet... J'écoutai ses instructions pour les appliquer au millimètre. Je n'avais plus qu'un souci au monde : ne pas le décevoir.

– Vous compterez précisément dix-sept pas à partir de l'entrée. Dix-sept pas de vos jambes à vous, bien sûr, j'ai déjà fait le calcul. Puis vous vous baisserez et, à vos pieds, vous trouverez le coffre. Il n'est pas lourd, mais ce qu'il contient est précieux. Ramenez-le-moi.

Il prononça ces derniers mots comme une prière. Tout était clair à présent : je voyais au moins trois raisons pour lesquelles il m'avait choisie, moi, Adélie. J'étais assez petite pour m'introduire dans cette crevasse, je n'avais pas peur du noir et je ne posais pas de questions idiotes.

Ivre de fierté, j'ai planté mes yeux droit dans les siens avant d'entreprendre l'exercice que je ne connaissais que trop bien pour l'avoir beaucoup pratiqué dans la cuisine. Prenant appui sur mon pied gauche solidement calé dans une première encoche du rocher, je réussis à me soulever pour me retrouver à califourchon juste au-dessus de l'ouverture que le capitaine m'avait décrite. Je rassemblai mes pieds en pointes, j'agrippai, bras tendus, la roche sous mes fesses et, comme un gymnaste passant à travers un cerceau, je me suis glissée dans la fente. Passe, passe, passera… J'étais une aiguille, une anguille, j'étais Aladin dans la caverne des merveilles, j'étais heureuse.

Un tout petit saut, et le sol était là. Dans la pénombre, je devinai un peu de la longueur du couloir. En un instant, j'ai cru apercevoir des parois brillantes, moites peut-être.

Elles étaient irrégulières, comme cabossées, et marquées de stries blanches horizontales. Puis plus rien. En me relevant, j'avais obstrué l'ouverture, comme le capitaine l'avait prévu. Il ne m'avait fallu qu'un bref moment pour me faire à l'obscurité, mes yeux avaient l'habitude. Dix-sept pas à partir d'ici. Je commençai à compter. Mes pieds glissaient un peu, j'ai pensé que c'était à cause d'un tapis de lichen humide qui

recouvrait le sol de la grotte. Je comptai attentivement mes pas.

Onze, douze, treize, quatorze… Mes mains tendues devant moi me préviennent que le couloir tourne légèrement. Quinze… Il fait absolument noir, c'est à se demander si j'ai les yeux ouverts ou fermés. Seize… Seize…

Plus rien. Soudain, tout est blafard. Je ne marche plus, je flotte. Je ne vois plus rien du tout. Il n'y a plus de grotte. Où suis-je ? Je suis couchée sur mon lit. L'obscurité est perdue, le trésor aussi. Le capitaine avait raison : c'est fichu.

*
* *

Ma mère avait ouvert la porte de ma chambre pour y entrer avec ses deux amies. Elle avait aussi fait entrer la lumière.

– Mais, Adélie, pourquoi restes-tu dans le noir ? s'étonna-t-elle.

Il ne faisait pas noir dans ma chambre, plus du tout même. J'ai dit qu'il faisait noir clair. C'était vrai.

J'étais tranquille dans ma chambre. Ma mère a pensé que je boudais, ou que je m'ennuyais, ou que j'étais timide, c'était faux.

Ce qui s'est passé ensuite, on le sait déjà. Les deux amies de maman, l'une en orange et l'autre en jaune paille, se tenaient dans l'embrasure de la porte. Et maman, embarrassée, continuait à insister, en rangeant mes soldats de plomb. Alors, fonçant, la tête la première, je me suis faufilée entre les deux rochers. Je me suis enfuie.

Voilà ce qui s'est vraiment passé. Si vous pensez encore que mon histoire est triste, alors j'aurai perdu mon temps, et vous aussi. Il aurait mieux valu que vous ne la lisiez pas. Je vous avais prévenu.

Passer à travers le plafond de ma chambre, c'est comme un jeu. J'y joue sans arrêt parce que c'est amusant de tout perdre et de tout retrouver. Ne saviez-vous pas que les rêves sont comme le tricot ? On les reprend exactement où on les a laissés, à condition de ne pas en perdre le fil. Et moi, Adélie, surnommée « le bout », je ne suis pas du genre à perdre le fil.